나의 첫 소년

창 비
청소년
시 선
10

손택수 시집

창비

차
례

제1부

눈이
삐다

제2부

고양이의 시간

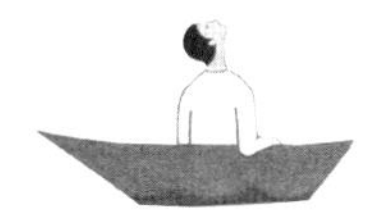

제3부

나의 첫 외박

제1부

눈이 삐다

나무의 꿈

자라면 뭐가 되고 싶니
의자가 되고 싶니
누군가의 책상이 되고 싶니
밟으면 삐걱 소리가 나는
계단도 있겠지
그 계단을 따라 올라가는 다락방
별빛이 들고 나는 창문틀도 있구나
누군가 그 창문을 통해 바다를
생각할지도 몰라
수평선을 넘어가는 목선을 그리워할지도 몰라
바다를 보는 게 꿈이라면
배가 되고 싶겠구나
어쩌면 그 무엇도 되지 못하고
아궁이 속 장작으로 눈을 감을지도 모르지
잊지 마렴 한 줌 재가 되었지만
넌 그때도 하늘을 날고 있는 거야
누군가의 몸을 데워 주고 난 뒤
춤을 추듯 피어오르는 거야

하지만, 지금은
다만 내 잎사귀를 스치고 가는
저 바람 소리를 들어 보렴
너는 지금 바람을 만나고 있구나
바람의 춤을 따라 흔들리고 있구나
지금이 바로 너로구나

반성문

유월에 나비를 보았다
올해 처음 본 나비다

문제아

나는
문제야
그러니까
존재 자체가
질문인 셈이지
질문을 왜 문제 삼지?
문제는 풀어야 하잖아
문제 풀이에 관한 한
우리는 대단한 열정을
갖고 있는 것 아닌가?
문제가 없으면
답도 없지
꽁꽁 묶은 나를
풀어 줘
나도 답이
궁금하단 말야

학생부

학생부로 나는 설명된다
설명되어져 버린다
학생부에 없는 걸 소개할 수는 없다
그건, 내가 아니다
가령, 토란잎에 내리는 빗소리와
수련잎에 내리는 빗소리를 구분할 줄 아는 나,
저녁노을을 보고 있으면 별 이유도 없이 슬퍼지는 나
이런 건 필요하지 않다
너는 누구인가 증명해라
증명할 수 있는 것만 기록해라
기록할 수 있는 활동만 해라
기록이 나를 위협하고 유혹하고,
기록적 인간으로 살기를 가르친다
기록이 나를 대신한다
아니, 기록이 이젠 나다
점점 더 나는 학생부로 요약된다
학생부 같은 이력서를 쓰다가
이렇게 일생이 흘러가 버린다면

오, 맙소사
학생부군신위다
무덤까지 학생부를 들고 다니는
학생

우정의 온도

컵을 씻다
컵 속에
컵이 끼었다
딱 붙어서 빠지질 않는다

우격다짐으로 떨어트리자면
둘 다 상처를 입겠지
빠져나오려 기를 쓰는 동안
금이 가거나 긁힌 흔적들이
내 손에까지 상처를 입힐 수도 있겠지

안쪽 컵엔 찬물을 붓고
바깥쪽 컵은 뜨거운 물속에 담가 둔다
바깥쪽은 열기로 풀어지고
안쪽은 냉기로 오므라들면서
그 사이에 틈이 생기길 기다린다

더러는 서로 다른 온도가 필요하다

컵 속의 컵이 풀어지고 있다

눈이 삐다

눈이 삐었니, 이제 보니
뼈 있는 말
뼈가 아픈 말
눈 속에도 뼈마디가 있어
가끔씩은 눈도 삐고 볼 일이다
무심히 보는 것에도 허방이 있으니,
발목을 접질리는 눈길이 있으니
보는 일이 예사 아니다
함부로 보는 일에 다
뼈를 받치는
바닥이 있었구나
눈이 삐었니, 그래
어쩌다 한 번은 눈이라도 삐어서
절뚝거리고 싶다
더듬거리고 싶다
내 그냥 스쳐 온 풍경들
내딛는 통증으로 문득 환해져서

응

응
사람 모습이다
기울면
%
오뚝이다
쓰러질 듯하다가도
절망 속에도
응
이 있어
일어설 줄 안다
그렇다고 과신은 금물
모든 확신에도
%
삐딱한 기울기가 있다는 말이니까
기우뚱한 균형
응

호모 파베르*

장갑을 끼니까
손이 생긴다

신발을 신으니까
발이 보이고

의자에 기대니까
등이 확인된다

장갑과 신발과
의자가 없어도

손과 발과 등은
분명히 나인데

귀가 제대로 있나
이어폰을 껴 본다

안심이다
안심이 불안하다

* 호모 파베르: 인간은 다른 동물과는 달리 물건이나 도구를 만들어 사용하는 것에 특징이 있다고 보는 관점의 정의.

도둑 일기

장롱 위에 올려놓은 할아버지 돈이 없어졌다고
엄마는 제일 먼저 나부터 의심한다
돼지 저금통을 깨어 오락실에 간 전과가 있으니
억울해도 할 말이 없다

그런데 정말 속상한 일은
아이를 함부로 의심하지 말라고 내 편을 드시던 할아버지시다
시골로 내려가시기 전 조용히 부르시더니
아가, 괜찮다, 오락만 하지 말고 학용품도 사고
동생들에게도 나눠 주고 그러거라,
이러시질 않는가

이 누명을 어떻게 풀까 할아버지 가신 뒤
탐정이라도 된 듯 방 구석구석을 뒤져 보았지만
귀신이 정말 곡할 노릇, 울상이 되어
바닥에 털썩 주저앉은 그때였다

천장 위에서 키득키득 웃는 소리가 들려왔다
꼴좋구나, 배꼽을 잡고 포복절도하는 소리, 오호라!
장롱과 천장 사이에 구멍을 뚫고 사는 쥐들이었다

갉아 먹다 만 돈을 발견한 기쁨도 잠시, 이왕 도둑이 된 김에
나는 결국 쥐들의 공범이 되고 말았다

공터

공터라뇨?
민들레가 막 돋아났는데요
민들레 찾아
나비가 왔는데요
깜박이는 나비 날개 사이로
햇살이 붐비는데요
쓸모없는 산이라뇨?
아무렇게나 파헤친 민둥산이라도
그 속엔 풀벌레들이
알을 까고 있는데요
바위도 씨앗을 품고
몸이 열릴 듯이 열릴 듯이
입덧을 하는데요
폐가라뇨?
사람들이 떠나고 나서
고양이 가족이
이사를 왔어요
새집이 좋다고

공처럼 통통 뛰어다녀요
아무도 살지 않는
집이라구요? 그럴 리가요?
지붕도 벽도 허물어졌지만
바람도 구름도 달도
마실을 오네요

프리지아 글라디올러스 빼빼로데이

프리지아 글라디올러스 빼빼로데이

이건 나의 주문, 주문을 외면 힘이 솟지
무거운 발걸음도 까딱까딱 박자가 맞지

지루하면 순서를 바꾸어 보자
글라디올러스 프리지아 빼빼로데이

순서를 바꾸면 다른 리듬이 생겨나지
순서만 바꾸었을 뿐인데 다른 풍경들이 보이지

빼빼로데이 프리지아 글라디올러스
말들에 환풍기를 달아 주자 환풍기 날개로 더운 숨을 뿜어내자

아무런 뜻이 없어도 좋아 의미가 뭐냐 주제가 뭐냐
뜻으로 머리가 빠개질 거 같아

뜻 없이도 말들은 서로 사귈 줄 알지 노래할 줄 알지
말들을 종처럼 흔들어 보자, 나도 종이 될 수 있도록

빼빼로데이 글라디올러스 프리지아

푸른색으로부터 푸른색을 풀어 주자

죄수복은 왜 푸른색인가
푸른색은 왜 죄를 짓고 투옥이 되었나
푸른색은 사실 푸른 적이 없다
바다 앞에서 한나절만 보내도
그건 분명한 사실,
바다를 정의 내린다는 건 얼마나 어리석은 일인가
바다는 푸름으론 담을 수 없는 무한으로 펼쳐진다
말의 감옥에 갇힌
푸른색을 탈옥시켜야 한다
종신형을 살고 있는 푸르른 꿈이나
푸르른 청소년으로부터도
마땅히 오판을 인정하고
재심을 청구해야 한다
푸른색으로부터 푸른색을 이제 그만 풀어 주자
푸른색을 위해서라도
푸른색이 독불장군이 되는 일은 없도록 하자
푸른색 안의 수많은 색깔들이
자신의 혀를 가질 수 있도록

바다 앞에서 한나절만이라도 앉아 있어 보자
푸른색은 사실 푸른색이었던 적이 한 번도 없었으니까

검정의 감정

검정에는 얼마나 많은 색들이 있나
누가 검정을 단색으로만 칠한다면 밤하늘을 보여 주자

밤하늘엔 구름도 별도
저마다의 빛깔로 흐르고 있으니까,
바람은 색과 색을 섞는 재미에 취해
붓질을 멈추질 않고 있으니까

검정에는 얼마나 많은 감정들이 있나
누가 검정을 절망으로만 부른다면
나를 보여 주자

도무지 앞이 보이질 않아 절망에 빠져 있었을 때조차
나는 노래를 부를 줄 알았으니까,
노래를 부르는 재미에 취해
바람을 따라다니곤 하였으니까

그러고도 검정은 물론 검정이다

수많은 감정들을 품고도 검정이다
검정은 참으로 신비로운 감정이 아니냐
나는 이런 단색이 되고 싶다

나무와 나무는

나무와 나무는 만나고 싶은가 보다
도로 하나를 사이에 두고
멀뚱하게 바라보는 것만으로는
영 계면쩍어서
신호등을 무시한 채 손을
뻗어 오는 나무, 그 손 마주 잡고 싶어
봄 한철 내내 처참하게 잘려 나간 가지를 쭉
뽑아내는 나무, 만나서 그들은
푸른 문이 되고 싶은가 보다
제 몸속을 통과하는 자동차와 버스
오토바이 위에 다감한
그늘을 드리우고 싶은가 보다
뻣뻣하게 서서 버스를 기다리다 지친
사람들의 무료한 시간을 부드럽게
구부려 주며, 그래
나무와 나무는 흔들리고 싶은가 보다
푸르게 푸르게 흔들리며
만날 수 없는 것들을 제 몸속 깊이

껴안고 싶은가 보다

떠나지 않는 여행자

나무들도 여행자야
가만히 서 있는 것 같지만
씨앗일 때는 새들을 타고
하늘도 날아다니고
뿌리가 돋으면
여기저기 뻗어 갈 수 있지
나무처럼 난 떠나지 않을래
난 떠나지 않는 여행자야
한자리에 가만히 서서
돌 하나, 나뭇잎 하나를
찬찬히 지켜볼래
돌멩이의 주름은 어떻게 생겼을까
이 주름은 어느 바위
산에서 떨어져 나올 때의 흔적일까
주름 따라 산도 가고 강도 가고
돌멩이를 쪼던 바람도 따라가 보는 거지
나뭇잎 속의 무늬는
지문 같고 지도의 등고선 같아

나는 어디로든 갈 수 있지
처음 떠난 곳으로 다시
돌아오는 것이 여행이라면
어때, 나와 여행 가지 않을래
떠나지 않는 여행

쓸모없는 녀석

나는 쓸모가 없다
모는 났는데 쓸모없는 녀석이다
강모래를 퍼서 골재로 만드는 쓸모
바위산을 깨트려 건축 자재로 만드는 쓸모
나무를 베어서 목재로 만드는 쓸모
대신에 강모래를 보면 엄마야 누나야
노래가 먼저 떠오르고
바위산을 보면
하늘로 오르는 흰 고래가 떠오르고
나무를 보면 그늘 속에 폭 안기고 싶어진다
아파트가 모래로 돌아가는 꿈이나 꾸고
책들이 비가 오면 나무로 귀향하는 꿈이나 꾸는
나는 틀림없이 쓸모없는 녀석
창문 밖 나비에 한눈을 팔다가 핀잔이나 듣는 녀석
쓸모도 없이 나는 어떻게 사나
점수도 되고 양식도 되고 돈도 되는
쓸모로 가득 찬 세상
쓸모없는 나는 적어도

강과 바위와 나무를 망치는 일은 하지 않아야겠는데
모가 나서 모래알처럼 반짝이는
순간들을 영영
잃어버리는 일은 없어야겠는데

포옹

강아지가 몸을 말아 저를 껴안는다
온기가 달아나지 않게,
양쪽 겨드랑이에 팔을 집어넣고
나도 나를 안아 본다

겨울은
혼자서 포옹하기
좋은 계절이다

제2부

고양이의 시간

고양이의 시간

옛날엔 고양이가 시계였지
고양이 눈동자를 보면 시간을 알 수 있었지
글쎄 그랬다니까
자시 오시 묘시 유시엔 고양이 눈이 실 같아지지
진시 술시 축시 미시엔 대추씨 모양이 되고
인시 신시 사시 해시는 둥글어지지*
고양이 눈동자가 시계였던 때
초침 분침 시침이 뛰기도 하고
늘어지게 하품도 하고
지붕 위를 사뿐사뿐 걸어 다녔을 때
그때는 사람들이 고양이와 눈 맞춤을 했지
눈 맞춤으로 약속도 정하고 밥상을 차리기도 했지
글쎄 그랬다니까 물론,
고양이는 자신이 시계라는 걸 까맣게 몰랐지만
길 가던 사람들이 몇 시나 되었나
자신의 눈을 빤히 들여다볼 땐
별꼴이야 싶다가도 마냥
싫지만은 않았지

적어도 시계를 함부로 하는 사람들은 없었으니까
옛날엔 시계가 마을을 뛰어다녔어
눈으로 째깍째깍
태엽 돌아가는 소리를 내면서

* 조선 후기 집안 생활의 지침서 『규합총서』에서.

소로 향연필

연필 속에 고래가 살던 시절이 있었죠 측량사 소로 선생 이야기랍니다

세상에서 가장 향기로운 연필을 만들고 싶어 그럼 향기 나는 글들이 세상을 가득 채울 거야 귓등에 연필을 꽂고 숲과 들판을 측량하다가 그는 어느 날 정말 연필 공장을 차렸어요

그의 연필은 아주 특별했어요 경랍과 정향진액을 섞은 아교풀로 만든 흑연을 썼으니까요 그의 연필 공장에선 날마다 심해를 유영하는 말향고래의 노랫소리가 들려왔죠 깊고 깊은 정향나무 숲속 샘물을 마시는 사향노루의 울음소리도 들려왔죠

하지만, 연필 한 자루에 그 귀한 경랍이라니요 정향진액이라니요 사람들은 쯧쯧 혀를 찼어요 머잖아 사각거리는 고래들의 허밍도 정향나무 위의 새들도 연필을 깎을 때면 파도 무늬로 곱게 일어나는 나뭇결도 다 잊고 말았지요

수지타산이 맞질 않아 곧 문을 닫고 만 연필 공장, 향기는 사라질 수 있어야 기억되는 걸까요 그의 향연필처럼 사라진 그는 월든의 숲을 거닐었습니다 숲이 그에겐 연필 공장이었으니까요 언제나 향기로운 나무들이 향연필이었으니까요

누군가는 연필을 쥐면 코를 킁킁거리는 버릇을 갖게 된게 소로 선생 때문이라고 합니다 가끔 저도 코를 킁킁거리며 연필을 깎습니다 그때 그 고래의 허밍 소리와 정향나무 향내가 나는가 싶어서

냉이꽃 한 송이 때문에

골목 담벼락 아래 어제 못 본 냉이꽃이 피었다
사람들은 꽃이 핀 걸 모르고 그냥 지나간다

애써 피었는데 섭섭하지 않을까
냉이꽃 때문에 저 무뚝뚝한 담벼락도 조금은 향긋해져서
나비가 날아올 것 같고,
나비 따라 벌도 붕붕거릴 것 같은데

탐험가들이 꼭 이런 마음이겠지
새로 발견한 풍경 앞에서 절로 가슴이 뛰겠지
오늘은 꽃이 나를 탐험가로 만들어 주어서
여기가 나의 신대륙, 꿈에 그린 오지

매일같이 지나치던 골목이 처음 가는 길처럼 두근거린다
저 쪼그만 냉이꽃 한 송이 때문에

연두의 나이

연두는
봄,
여름도
가을도
연두는 있지
봄은 지나가는 게 아니야
아무렴
굳은살 박인
잎 사이에도
말랑한 연두는 있더라
지는 잎 사이에서
이제 막 눈을 뜨는
연두도 있더라
왜 아니겠어
한겨울 눈 속에도
잎이 될까 가시가 될까
궁리 중인
연두의 꿈은 있는걸

사라진 연두를 다시 만날 때
사람들도 푸르러지지
어른들에게도
연두는 있어
엄마를 찾고 싶을 때가 있지
주름 속에도 수줍은 눈빛이 머물 때가 있지
가령, 유적을 발굴하듯
아무도 찾아오지 않는 외톨이 소녀가 다시 문을 열고 나오도록
꽃 지는 뒤란에서 소녀가 혼자 부르던 노래를 들어 주는 거야
아직 내가 생겨나기도 전이지만
난 소녀의 이마에 어룽거리는 감나무 이파리거나 잎 사이로 내리는 빛처럼
소녀의 주위를 떠다닐 거야
그때 소녀는 문득 하늘을 보았을까
우울한 눈 속에 살짝 하늘빛이 맴돌았을까
아직 철들지 않은 연두를

철들기보단 그냥
저답게 있는 연두를
놓치지 않았으면 해
연두끼리는 격의 없이
백 살도 한 살도
눈을 맞추며
서로를 돌봐 주지
연두는 봄,
봄이 가도
봄이지

46억 몇천만 년 하고 14년을 더 산 소년

달력이나 시계로는 측정할 수 없는
시간이 제 안에 들어와 있어요
제 나이가 몇이냐구요?
놀라지 마세요
저는 이 지구보다 더 오래 살았어요
태양계보다도 연륜이 더 높아요

제 몸속엔 인이 있죠
인은 태양계 너머의 더 큰 별들이 폭발할 때
생긴 거래요
그러니까 제 안에
우주의 나이가 들어와 있는 거죠
제겐 별의 순환 궤적이 나이테인 셈이죠
그러니까 우주의 나이로 볼 땐
선생님과 제 나이 차이라는 건
좀 웃기는 일이죠

제발 나이로 저를 가르치려 들지 마세요

나이로 저를 보호하려 들지도 마세요
저는 그냥 제 나이로 있고 싶을 뿐이랍니다

바람에게 물어보세요
바람은 알죠
아직 덜 자란 것 같지만
제 속엔 우주의 족보책 속에서나 확인할 수 있는
시간이 살고 있다는 것을

나의 친구 뚱보

뚱보라고 하였으나 나의 벗은 사실 비만에 남다른 자부심을 갖고 있다. 나는 그가 전생에 스모 선수가 아니었나 하는 의심을 했을 정도다. 그는 그 흔한 비만 클리닉이나 다이어트에는 도무지 관심이 없다. 하긴, 그는 운동을 할수록 체중이 붇는 역설적 체질의 소유자이기도 하다.

내 벗의 직업은 청소부다. 구청 청소과에도 등록되어 있지 않고 청소용역업체 어디에도 고용된 바 없지만 눈만 내리면 거리를 청소하는 일로 분주하다. 누구도 시키지 않는 일을 그는 아주 오래전부터 자신의 생업으로 삼아 왔던 것 같다. 아마도 내가 태어나기 전, 그러니까 호랑이가 담배를 피울 줄 알던 까마득한 설화 시대부터였을 것이다.

어쩌면 그의 직업은 세상에서 가장 오래된 직업군 중의 하나인지도 모른다. 그런데 놀랍게도 나의 벗은 직업에 대한 관심도 없을 뿐만 아니라 자신의 일이 청소업에 해당된다는 걸 전혀 모르고 있는 눈치다. 그저 눈이 내리니 내리는 눈이 무료하지 않도록 함께 노는 것에 불과한데 놀이가 일이라니…… 실컷 눈을 뭉치고 놀다 보면 해가 저무는 직업을 가졌으니 얼마나 행복하냐고 부추기면 그는 갸우뚱, 좀 멋쩍은 표정이 역력하다. 여하튼 나는 그에게서 일과 놀이의 행복한 합일을 본다.

눈에 관한 한 뚱보답게 욕심이 많은 그는 퀵서비스 오토바이가 달려갈 길도 먼저 가 보고, 폐지를 잔뜩 인 수레가 지나갈 길도 먼저 가 보고 싶어 한다. 짓궂게 얼어붙은 길이 꽈당 엉덩방아를 찧게 하기 전에 눈을 도르르 말아 한쪽에 치워 둬야 안심이 된다. 오지랖이 넓은 그는 눈길이 빙판이 되면 일어날지도 모르는 자잘한 사고들 걱정으로 눈을 쓸러 나오는 사람들의 수호천사다. 눈을 쓸던 사람들은 그들 자신도 모르게 나의 벗이 된다.

요즘은 겨울이 와도 그를 만나기가 점점 힘들어진다. 눈을 치우는 줄도 모르고 눈을 치울 줄 알던 그 많던 아이들은 다 어디로 갔을까. 나의 친구 뚱보.

지구별 과대망상가 연합

나무

이 나무는 거의 땅속에서만 자란다 가지를 뻗지 않기 위해 어마어마한 절제력을 지닌 나무는 기형적으로 발달한 뿌리를 지니고 있다 소문에 따르면 그의 뿌리가 지구를 몇 바퀴나 휘감고 있는지는 아무도 모른다고 한다 지진도 없는데 도시의 포장 바닥에 금이 가고 싱크홀이 생기는 건 그의 뿌리 때문이라는 설이 있다 나무는 자신이 땅을 뚫고 나오면 대지가 갈라지면서 지구가 두 쪽이 나 버리고 그 거대한 틈으로 모든 생명체들이 빨려 들고 말 거라는 악몽에 짓눌리고 있음이 틀림없다 아니 어쩌면 그에겐 가끔씩 낙엽 위로 슬쩍 고개나 내미는 정도에 지나지 않는 자신의 키가 하늘을 뚫어 버릴지도 모른다는 어이없는 공포에 시달리고 있는지도 모른다

새

이 새는 하늘 위에서만 산다 아무도 그가 대지에 착지한 걸 본 적이 없다 땅을 딛지 않기 위해 새의 일족은 수만 년 동안 자신의 발목을 퇴화시켜 버렸다고 한다 그들의 시조

새가 대지를 디뎠던 기억이 지층의 어느 연대기에 기록되어 있다는 이야기도 있지만 아직 그들의 발자국을 어디서 보았다는 말을 듣지 못했다 새는 자신이 땅을 디디면 바닥이 꺼지면서 지상의 모든 것들이 사라져 버릴지도 모른다는 두려움을 떨치지 못하고 있다 새는 그리하여 잠시도 방심하지 않기 위해 날갯짓을 멈추지 않는다 날개로 제 몸에 따귀를 때리며 가능한 한 더 높은 곳에 떠 있기 위해 안간힘을 쓴다 자학에 가까운 날갯짓은 그가 죽고 난 뒤에도 이어져 식은 몸이 땅에 다다를 때쯤이면 거의 먼지에 가까워진다고 한다

시인

망상 장애를 앓는 나무와 새가 한번은 만난 적이 있다 누가 먼저인지 모른다 새가 먼지가 되어 떨어진 어느 날이었는지, 나무가 낙엽 위로 발돋움하는 가지를 굽혀 다시 땅으로 돌아가려던 찰나 그의 가지를 떠난 꽃가루가 하늘로 떠올랐을 때였는지 확실치 않다 그 순간을 놓치지 않은 사내가 이 도시에 살고 있다 어쩌면 사내는 오직 이 장면

을 기억하기 위해 아무도 눈여겨보지 않는 그 시간 그 장소에 있었던 것인지도 모른다 새와 나무가 만난 순간 일종의 계시를 만난 그는 그들의 신도가 되기로 하였다 종말론 전도사처럼 전단지를 돌리는 대신 그는 도시의 가장 높은 산동네에 있는 자신의 골방에 틀어박혀서 아무도 읽지 않는 시를 쓴다 그는 그의 골방을 노아의 방주라고 생각한다 하긴, 그의 슬레이트 지붕과 굴뚝은 아래에서 올려다보면 하늘을 통통거리는 똑딱선처럼 보이는 것도 사실이다 지구별을 지키는 새와 나무와 한평생을 불우하게 살다 간 시인의 이야기다

사물들

지우개

똥을 밥이라고도 부른다. 똥과 밥이 하나라는 말이다. 똥과 밥 사이에서 지우개는 지워진다. 자신을 지우는 줄도 모르고 일생을 다해 지우는 일을 하고 있다.

노트북

접었다 펴면 거울이 나타난다. 할머니가 쓰던 면경 같다. 거울 속에 내가 있기는 한데 아무리 봐도 내가 보이지 않는다. 화려하게 점멸하는 화면들이 가면처럼 내 얼굴을 가리고 있다.

옷걸이

어떤 옷을 입혀도 물음표를 던진다. 이 옷이 과연 나인가? 옷깃 위로 솟아오른 강한 회의가 두상을 고정시켰다. 지독한 회의주의자다.

빨래집게

집게의 먼 일가라 옆으로 기어 다닌다. 근성이 있어 물면 놓지 않으려 한다. 꽉 문 흔적을 옷에 남겨 놓기까지 한다. 집게 하나로 수평선을 물고 있다. 빨래들이 파도처럼 출렁이는 이유다.

안경다리

눈과 귀는 육지와 섬처럼 떨어져 있어서 연륙교로 이어 줘야 한다. 허나, 연륙교로 섬이 육지가 되면 어쩌나. 섬이 섬을 잃어버리면 어쩌나. 이런 염려가 접을 수 있는 다리를 만들었다. 눈은 눈대로, 귀는 귀대로 자신만의 시간을 가지라고.

유리창

와장창 깨어졌을 때 존재가 드러난다. 평화와 같다. 대체로 없는 듯이 있는데 간혹 너무 투명해져서 꽈당 이마를 부딪치며 키득거리기도 한다. 유리창을 잘 닦자. 유리창이 보이지 않도록.

구둣주걱

우리 아빠, 퉁퉁 부은 발을 대접해 주는 건 너뿐이다. 냄새나는 구두 속이지만 잘 닦인 밥그릇에 밥을 담듯이 한 공기 가득 발을 꾸욱 꾹 눌러 담는다.

풍선

살아나라, 살아나라, 인공호흡을 한다. 공기를 밀치며 심장이 떠오른다.

점자

백문이 불여일견이 아니다. 일견으론 읽을 수 없다. 오돌토돌한 글자의 몸을 만질 수 있어야 한다. 만지면 피가 통하는 지압봉.

전봇대

강아지의 화장실. 서낭당 돌무지처럼 종량제 봉투가 무덤을 이루기도 한다. 월세방 있음, 직원 구함, 강아지를 찾습니다, 광고판도 되고 게시판도 된다. 등이 켜지면 방범

순찰대원의 플래시. 전봇대에 기대 흐느껴 우는 사람에겐 더없는 치유력을 가졌다. 그때 전봇대는 어떤 위로의 말도 없이 그저 그의 곁을 지키며 서 있을 뿐. 그의 울음이 그칠 때까지 말없이 하늘을 지켜보고 있을 뿐.

우체통

하루 종일 먹은 게 아무것도 없다. 어쩌다 편지 봉투라도 하나 떨어지면 텅, 바닥을 치는 소리가 침울하게 새어 나온다. 아직 편지를 부치는 사람이 있구나. 전신을 울리는 제 소리에 더 놀라 입을 틀어막는 우체통.

화분

발이 자꾸 커 가는데 신발을 바꿔 신을 수가 없다. 벽에 부딪친 발가락이 굽어 살을 파고든다. 전족을 한 중국 여자다.

스케이트

얼음을 벤다. 쓰윽 쓰윽 스케이트 아래 무시무시한 칼을

달았다. 무사인가. 칼 위에서 춤을 추는 무당인가. 음악을 따라 회전하는 악사 같기도 하다. 얼음 위로 하얀 박수갈채가 터진다. 미끄러지지 못할 땐 또깍또깍 도마질 소리를 낸다.

악기들

호른

달팽이가 풀잎 위에 앉아 있다. 아침 햇살이 금관, 마우스피스가 흥건하다.

피아노

책가방을 멘 아이들이 횡단보도를 뛰어간다. 멈춰라, 흰 건반 검은 건반 눌렀다 떼는 소리가 들릴 수 있도록.

피리

골다공증 걸린 할머니가 잠꼬대를 한다. 꿈에도 다리가 아프신가. 화장품 행상을 다니시는가. 구멍 뚫린 뼈가 신음 소리를 낸다. 아무도 듣지 못하게 한밤에만 들리는 피리 소리.

하프

처마 끝에 빗줄기를 걸어 놓은 집이다. 아무리 가난한 집도 하프는 켤 줄 안다.

드럼

양철집 위로 비구름이 지나간다. 은빛 스틱이 지붕을 난타한다. 취한 아버지 곁에서 젓가락 장단을 맞추며 노래를 부르던 아이가 아직 살고 있을 것 같다.

하모니카

재개발 지구 텅 빈 아파트 문을 혼자서 열었다 닫는 바람. 옷장도 이불도 책상도 다 내팽개치고 떠난 방 깨진 창문 사이로 허전하게 새어 나가는 바람.

웃는 돌

지하 일 킬로미터 이상 지점이나 심해에서
미기록 생물종이 발견되었다는 뉴스가 뜨면
문득 슬퍼진다
그냥 거기 그대로 있도록
모른 척했으면 좋았을 것을
더는 발견하지 않는 것도 발견이 아닌가
멸종된 줄 알았던 생물이
카메라에 포획되어 인터넷 웹 페이지를 오르내리면
멸종도 생존을 위한 최후의 전략임을 알겠다
꼭꼭 숨어라 사향노루야 크낙새야
따옥아 산양아
이미 사라져 버린 또 누구야
나는 마침내 발견하지 않으련다
너희를 찾아가는 길의 두 근 반 세 근 반이 더 생생한
발견의 대상임을 알게 된다 하더라도
강원도 어디 냇가 마음에 둔 수석
가져올까 말까 망설이다 그냥 두고 오듯이,
물속에 가라앉아 웃는 돌

간지러운 파문만 들고 오듯이

모든 별은 혼자서 반짝인다

별이 포옹을 하며 반짝인다면
폭발하고 말겠지

모든 빛나는 것들은
고독하다

두려워 마라, 섬처럼 고독은
등대를 밝힌다

그 등대가 하늘로 올라가
별이 된 것이다

너는 너의 섬이 되어라
나는 나의 섬이 되겠다

섬과 섬이
모스부호처럼 흩어진 바다

깎아지른 절벽 끝에서 등대를 켠다

겨울 별

겨울이 오면 별이 뜬다
서울에도

겨울은 밤 중에도
가장 깊은 밤

서울은 천체망원경 중에도
가장 성능이 떨어지는 망원경

가장 깊은 밤이
지리산 천왕봉이나
강원도 산간지대에 머무는 바람으로
렌즈를 닦는다

나는 그 별을 기다린다
그 별 때문에 겨울도
견딜 만하다

서울엔 영하에만 뜨는 별이 있다

오독똑똑 이빨을 부딪치며 떠오르는 별이 있다

천문대

하늘에 별 점을 하나 찍는다
점을 찍기 위해선 걸음을 멈추는 게 좋다
움직이면 집중이 잘 안 된다
눈망울과 눈망울을 맞추듯이,
내가 아기였을 때
어머니가 그러지 않았을까
하늘에 점을 찍는다는 건
나도 점 하나가 된다는 거다
점과 점 사이를 이어 본다는 거다
숨결이 가지런해지고
산란한 마음도 가지런해질 때쯤
별이 살짝, 움직이는 게 보인다
눈치채지 못하도록, 꼼짝 않은 채로
찬찬히 흐르는 게 보인다
아, 그때 난 혼자 있는 게 아니다
별과 손깍지를 끼고 있는 거다
별과 함께 흐르고 있는 거다

외로울 때면, 그 어디라도 좋다
이때 나는 천문대가 된다

안 좋은 날씨는 없어

날이 흐리네 오늘은 그냥 집에 있자 곧 빗방울이 쏟아질 거야

(집에만 있으니까 연못을 드럼처럼 치고 가는 비를 보진 못하겠지 장화를 신고 나와 부러 오리들처럼 웅덩이를 골라 디디며 물을 엎지르는 아이들을 보는 기쁨도 누릴 수 없겠지)

날이 궂어 오늘은 그냥 집에만 있자 미세 먼지 속에 호흡기 질환을 일으키는 중금속이 있다잖아 황사 속에 무슨 바이러스가 묻어 있을지 몰라

(창문 꼭꼭 닫고 마스크를 쓰고 있으니 숨쉬기가 편치 않지 꽃향기도 맡을 수 없겠지 하얗게 눈곱 낀 창문으로만 세상을 보아야지)

태풍이 몰려온대 오늘은 아무 데도 가지 말자 태풍에 지붕들이 날아가 버릴지도 몰라

(태풍에 떠밀려 걷는 걸음 걸어 봤니? 겨드랑이에 날개가 돋아나는 것 같지 않아? 뽑히지 않으려고 발가락에 힘을 주고 버티는 가로수와 나부끼는 나뭇잎 뒤에 아기처럼 착 달라붙어서 눈을 깜박이는 청개구리를 봤니?)

비는 비대로 바람은 바람대로 모두 축복인 날들 안 좋은 날씨는 없어 아주 흐리기만 한 날은 없어 빗속에서도 바람 속에서도 피어나는 꽃들처럼

별

눈에 물이 맺혀
반짝인다

눈물이
렌즈인가

눈물 속에
네가 보인다

앞이 흐려졌는데
더 똑똑히 보인다

흐린 날도 뜨는 별이 있구나
흐린 날에 반짝이는 별이 있구나

갈고닦는
나의 렌즈

제3부
나의 첫 외박

집중

가족 소풍 나온 날
다섯 살짜리 조카애가
땅에 똥을 눈다
늘 산만하게 굴던 아이가
똥을 눌 때만은
집중

이마에 땀방울이 또르륵
굴러 내리도록
아랫배에 힘을 준다
이마를 찡그리며
숫제 눈물까지 글썽이며
주먹을 불끈 쥐고

온몸으로 똥을 내보낸다
땅으로 돌려보낸다
말똥말똥
멍멍이란 놈이 그걸

집중

다디달게 받아먹고 있다

거지 이야기

이가 득시글거리는 그가 사립문을 밀고 들어서면 밥맛이 뚝 떨어진 저는 수저를 놓고 저만치 떨어져 있곤 하였습니다. 참을 수 없는 구정물 냄새에 여기 보란 듯이 엄지와 검지를 빨래집게 삼아 코를 콱 틀어쥐고 말입니다. 쌀 한 톨만 흘려도 역정을 내시는 외할머니는 이 가난한 집에 무슨 여유가 있어 저런 거지 따위에게 매번 밥상을 차려 놓으시는 걸까요. 밥 한 공기를 끓여 세 공기 네 공기로 부풀려서 겨우 끼니를 때우는 형편에 말입니다. 늘어지게 늦잠을 자고 일어난 그날 외할머니는 마침 사립문을 밀고 들어선 거지의 밥상에 제 밥공기를 떡하니 올려놓았습니다. 아마도 이참에 외손주의 늦잠 버릇을 단단히 고쳐 놓아야겠다 작심을 했던 모양입니다만 그래도 이건 도무지 너무한 처사였지요. 거지와 겸상을 하다니, 이라도 옮겨 온 듯 몸을 비비 틀며 떼를 쓰던 저는 급기야 숟가락을 내던지는 것과 동시에 밥상을 발로 차 버렸습니다. 밥알 몇이 거지의 이마 위로 보기 좋게 날아올랐겠지요.

그날 저는 하루 종일 벌로 밥을 굶어야 했습니다. 내가 왜 거지만도 못한 대접을 받아야 하는지 이해할 수 없었지만 사립문 앞까지 거지 아저씨를 배웅하며 아이를 잘못 키운 내 죄가 크네 자네가 용서하시게, 하고 쩔쩔매시던 외할머니를 잊을 수 없습니다. 아마도 그날 밥을 굶지 않았다면 기억에도 없을 이야기겠지요.

나의 첫 외박

아버지 어머니의 행동거지가 어째 수상쩍은 날이었습니다 오늘따라 마음잡고 숙제를 좀 해 보려고 하는데 걸어서 왕복 한 시간은 족히 걸릴 심부름을 시키질 않나, 지쳐 돌아온 아이에게 일찍 자고 일찍 일어나는 어린이가 되어야 한다고 훈계를 하질 않나, 나중에는 아예 대놓고 넌 누구를 닮아 그렇게 눈치가 없느냐 타박을 하는 것이 영 서운하고 개운치를 않습니다 단칸방에 살다 보면 꼼지락거리는 소리만 들어도 차마 말 못 할 속사정 같을 걸 다 알 수 있게 되는데 아마도 저는 그렇게 해서 좀 늦게 들어도 될 철이 일찌감치 들어 버리고 말았나 봅니다 모르는 척, 오늘 밤은 친구네 집에서 숙제를 하고 거기서 잘 거라고 하면 어머니 아버지는 단박에 반색입니다 그러면서도 남의 집 신세를 지는 일이니 폐가 되면 곤란하다고 속 깊은 외박을 한두 번쯤 만류해 보는 시늉을 짐짓 잊지 않습니다

어머니 아버지들은 알고 있었을까요 우리도 이제 알 건 다 알아서 같은 처지가 되어 저를 찾아오던 친구와 함께 이심전심의 착잡한 눈빛을 나누며 어슬렁거리는 별을 세

던 밤이 있었음을

내 마음의 쿤타킨테

말순이는 지저분한 아이다. 어린 나는 그 애와 짝이 되었다는 게 여간

속상한 게 아니다. 계집애가 얼마나 칠칠맞지 못하면

용의 검사 때마다 매번 선생님께 야단을 맞는단 말인가.

소매가 너덜너덜 남루해진 옷은 그렇다 치고, 손에 밴 때라도

깨끗하게 씻고 다니면 좀 좋으냐 말이다.

반 아이들은 말순이를 '쿤타킨테'라고 불렀다. 그때

한창 방영 중이던 외화 「뿌리」에 나오는 흑인 주인공의 이름을 따서

'말순이 말순이 쿤타킨테 말순이 손톱 밑에 까마귀가 까옥까옥'

몇몇 악동들은 동요 가락에 맞춰 대놓고 야유를 보내기까지 했다.

말순이는 늘 혼자였다. 점심시간에는 교실 귀퉁이에서 혼자 밥을 먹었고,

쉬는 시간에도 운동장 복판에서 밀려나 그늘진 곳에 앉아 있었다.

방과 후에 반 아이들이 끼리끼리 모여서 놀고 있을 때도
말순이는 그 자리에 있지 않았다. 생일 파티 초대장을 돌릴 때도
당연히 건너뛰기 마련이었다. 한번은 반에서 분실 사건이 일어났다.
아마도 육성회비를 내는 날이었나 보다. 아이들은 약속이라도 한 듯
말순이를 지목했다. 말순이는 겁 많은 눈망울로 머리를 가로저었다.
그리고 도움을 청하듯 나를 바라보았다.
나는 말순이가 도둑이 아니라는 것을 누구보다 잘 알고 있었다.
죄가 있다면 청결하지 못하다는 것뿐, 매일같이
아이들의 놀림을 당해도 누구를 원망하는 법이 없었다.
그저 하늘 한 번 보고 글썽해진 눈으로 마음이 차분해지길 기다릴 줄 아는 아이였다.
그러나 나는 '쿤타킨테'의 동료가 되긴 죽기보다 싫었다.

'말순이 말순이 쿤타킨테 말순이 손톱 밑에 까마귀가 까옥까옥'

'손톱 밑에 까마귀가 까옥까옥'

학교를 졸업한 지 30년.

사진작가와 함께 취재차 연탄 보급소를 찾았을 때였다.

그곳은 우연히도 내가 소년 시절을 보낸 마을 부근이었다.

수소문 끝에 찾아간 연탄 보급소는 근동에 유일하게 남은 보급소였다.

40년이 넘었다는 이 보급소는 그 연륜도 연륜이지만

부녀가 함께 운영하는 것으로 더 유명했다.

"갸가, 어렸을 때부터 참 착했제. 학교만 마치면 집에 와서 아버지 연탄 수레를 안 밀었나.

이 동네 사람들 치고 그 집 딸내미 도움 없이 겨울 난 사람 없을 끼다 아마. 하모, 지금도 독거노인들한테는 한 장당 쪼매씩 싸게 배달한다 카더마. 그 집 문 닫으면 큰일이다 아이가."

마침 생탄을 말리고 있던 그녀 앞에서 나는 뚝, 얼어붙고 말았다.

'말순이 말순이 쿤타킨테 말순이 손톱 밑에 까마귀가 까옥까옥'

볕 좋은 날 생탄을 말려 놓아야 불이 잘 타고 무게도 400그램 정도 줄어든다고,

그래야 유독가스도 덜하다고, 조근조근 들려주는 그녀 앞에서

나는 고개를 들 수가 없었다. 우리의 겨울을 지켜 준 손톱 밑 탄재가

서른 해 전처럼 나를 바라보고 있었다.

소년 1

바람구두 랭보가 되고 싶었을까
바지 입은 구름 마야콥스키가 되고 싶었을까
레마르크의 소설을 품고 가출하던 날
배낭에 넣어 온 또 한 권은 세계문제시인선
종로3가 뒷골목에서 디제이 보조를 할 때
나는 LP판을 비행접시처럼 돌리며
떠돌아다니고 싶었는데
서부전선 이상 없다
나의 1차 세계대전은 화장실에서도 원산폭격,
입속에선 허구한 날 밥알 파편이 터졌다
마이크를 처음 잡은 내가 한 첫 멘트는
김현 선생이 번역한 시구절,
그때 디제이 형에게 다시 쪼인트를 까였던가
다음 불시착지는 대방 공원 근처 중국집
서부전선 이상 없다, 온 세상이 피 터지는 전선인 거 몰러?
가출생이면 가출생답게 놀아야지
영등포역 부근에서 건달들 꼬마로 건들거릴 때는
아저씨, 시인들은 우리처럼 다 문제아들이야?

나는 무엇도 아니었으나, 바람구두도 바지 입은 구름도 아니었으나

무엇도 아니었으므로 무엇이 되고 싶어서

전선을 전축 바늘처럼 더듬거리는 소년

가는 곳마다 책을 읽어 주는 소년

안마 시술소에서 현관 보이로 일할 때 만난 맹인 소녀를 기억한다

전구를 갈아 끼우듯 인조 눈알을 씻고 끼울 때면

늘 내게만 동자의 위치를 중앙에 맞춰 달라던 아이

마지막 본 하늘빛을 품고 살던 아이

오빠야 우리 맹인들에게만 책 읽어 주지 말고

세상 모든 사람들에게 책 읽어 주는 남자가 되면 안 되겠나

서부전선 이상 없다맹키로

랭보 마야콥스키맹키로 어야

그리고 떠나온 나의 열아홉, 책을 읽는 소년 하나를 지켜 주기 위해

세상은 그리 가혹했는지 모르네

가는 곳마다 전선이었으나 서부전선 이상 없다
아직도 풀지 못한 문제를 안고 시를 쓰는 소년을 위하여

소년 2

실로 손가락을 결박한다 피가 통하지 않도록 단단히 묶는다 누군가의 목을 조이는 것 같다 비닐봉지 속에 머리를 집어넣고 묶은 킬링필드가 생각난다 거칠게 내뿜는 숨이 비닐봉지를 점점 흐리듯이 흐릿한 가운데 몸이 더워 온다 비닐봉지를 찢기 위해 포승줄을 풀려고 아우성을 친다 그 어디쯤에선 보에 틀어막힌 강물 소리가 들려온다 둑을 치며 우는 강물 위엔 죽은 물고기 떼가 허옇게 배를 뒤집은 채 떠오른다 녹조 위로 끓어오르는 악취를 덮기 위해서 모래를 긁고 강을 시멘트로 덮는 공사가 한창이다 그 강의 끝엔 바다를 건너다 수장된 아이들이 있다 물속에 가라앉아 누가 누가 더 오래 참나 내기를 하던 어린 날처럼 아이들은 돌아오지 않는다 숨이 가빠 온다 침몰하는 배의 창을 두드리듯 손가락 피들이 아우성을 친다 더는 견딜 수 없어 당긴 실을 풀면 쏴 쏟아지는 피들, 몸속의 피가 겨우 느껴진다

소년 3

어머니가 학교에 다녀가신 뒤 열등생이었던 나는 미화부장이라는 미관말직을 제수 받게 되었습니다 생애 첫 벼슬인지라 황송하기도 하고, 담임 선생님의 은혜가 딴은 하해와 같아서 어린 나는 유리창이며 교실 바닥을 닦는 데 젖 먹던 힘까지 다 쏟아부으며 부산을 떨곤 하였지요 먼지를 폴폴 날리며 뛰어다니는 아이들 앞에서 버럭버럭 목청을 세우고 일장 훈시를 할 때면 은근히 청소를 면해 달라 사탕을 가져오거나 하굣길에 책가방을 대신 들어 주겠다 굽실거리는 아이들이 생겨날 정도였습니다 그 달콤한 맛에 빠져 지내던 내겐 구제 불능 짝이 하나 있었습니다 연탄 배달부 아버지의 수레를 밀고 다녀서 용의 검사 때면 손톱에 낀 연탄재 때문에 늘 구박을 받던 아이였습니다 미화부장 옆에 그런 짝이 있다는 건 참으로 위신이 서지 않는 일이었지요 쿤타킨테야 쿤타킨테야 어서 너희 나라 아프리카로 돌아가렴 그런 어느 날 아마도 장학사님이 오시기로 한 전날 나는 짝을 불러 진지하게 설득을 하였습니다 내일은 반을 위해서 결석을 해 줄 수 없겠느냐고, 너 하나 때문에 반의 미화 점수가 깎일 수는 없는 노릇 아니냐고……

지하철역 앞 노점상들을 쫓아낸 자리에 화단이 들어서 있습니다

자꾸만 아름다워지려 하는 내 시가 저 꿈쩍 않는 화단 같은 것은 아닌지,

만개한 꽃 앞에서 서른 해도 더 전 울상을 하고 고개를 떨구던 연탄 배달부 짝이 생각납니다

소년 4

잘하는 건 없어요 취미요? 글쎄요, 그냥 숨어 있기를 좋아해요 단칸방도 너무 헐거워서 어릴 땐 장롱 속에 들어가 있을 때가 많았죠 지하철에 가면 노숙자 아저씨들도 종이 박스 속에 들어가 잠을 자잖아요? 그분들처럼 집에서도 노숙을 한 셈이죠 하지만 어른들이 돌아올 때쯤이면 깨어났어요 혼자서 하루를 보내는 아이의 외로움을 호소하거나 징징거리는 궁상을 떨긴 싫었거든요 엄마와 아빠라는 이들은 저보다 더 외로워 보이기도 했으니까요 사실 저는 그들을 위로해 주고 싶었어요 어쩌다 지상에 나와 하루하루가 고된 삶을 꾸역꾸역 살게 되었을까요 저를 보는 그들의 눈빛 속엔 제대로 돌봐 주지 못하는 데 대한 부끄러움과 뭐라 못할 슬픔이 가득했죠 어느 날은 주인집 몰래 숨죽여 우는 두 부부의 울음소리에 잠을 깨기도 했어요 사랑이 이런 고통이 되리라곤 짐작조차 못 했겠죠 저는 그들에게 어떤 실낱같은 희망이라도 주고 싶었습니다 그들의 안에도 저와 같은 아이가 있었으니까요 아무도 돌봐 주지 않는 아이들이 얼떨결에 어미 아비가 되어 울고 있었으니까요 그 이후부터랍니다 제 장기를 살려 저는 대명천지 속에

저를 숨기기로 하였습니다 어떤 말썽도 부리지 않고 낙천
적이며 잘 다림질된 옷처럼 반듯한 아이가 되기로 한 거죠
아무도 찾을 수 없도록

소년 5

벚꽃은 사쿠라다
왜색 문화에 열광하는 무리들을 심히 개탄하는 선생님들이 있었지
그때마다 나는 기가 죽었어
해마다 봄이 오면 핏속까지 왜색이 흘러
벚꽃을 나는 속으로만 좋아하는 아이였지
붕붕거리는 벌처럼 맘 놓고 향긋해질 수도 없었어
벚꽃 아래 사진을 찍으면서도 죄스러웠지
나무에게 무슨 죄가 있단 말인지
나무야말로 식민지 백성이 아닌가
항의할 수 없었지
이 땅에 광복은 멀고도 멀어서
해마다 삼월이면 나무들도 두 손 번쩍 들고
독립 만세를 부르짖는 거야 나무 독립 만세
제국은 내 안에도 있어서
속으로, 속으로만 노래했지
일본 대중문화가 금기시되던 무렵이었지
해마다 봄이면 방송국에선 왜색 문화 추방 캠페인을 벌

이면서

벚나무를 공격 대상으로 삼았어

애먼 벚나무에게 분풀이를 하는 지상에

삼일절 아닌 날이 어디 하루라도 있었을까

세월이 흘러 벚꽃 놀이를 일본까지 가는 세상이 왔지만

벚나무에게도 언뜻 독립이 찾아온 것 같았지만

사람들은 위안부 할머니 소녀상을 두고 싸우고들 있었지

소녀상 앞에서 벚나무는 부끄러웠지

벚꽃을 벚꽃으로 보지 못하고

소녀상을 소녀상으로 보지 못하는 상처가 여전히

제국의 망령처럼 우리를 옥죄고 있는 것 같아서

흔들의자

흔들려야지
흔들의자 위에서는

파도치는 바다라도 가는 듯이,
해일이라도 치는 듯이

흔들림이 나를 덩실 춤추게 하고
균형을 무너뜨리는 흔들림이 새
균형을 낳도록

흔들려야지
흔들릴 줄 모르는 게 병이 되지 않도록
중심을 잡느라 딱딱하게 굳어지는 일이 없도록

내게 방황할 자유를 주세요
내게 제발 고민할 시간을 주세요
내게 절망할 기회를 주세요

흔들의자의 리듬이 저의 호흡이 된다면
누구든 편하게 와서 안기지 않을까요

흔들려야지
흔들의자 위에서는

앞으로 쏟아지는 힘으로
뒤를 돌아보며

너에게

지금의 노래 1

너는 나를 사랑한다고 말하는구나
사랑을 증명하기 위해
언젠가 화려한 꽃다발을 바치겠다고 하는구나
하지만 난 지금 장미 한 송이가 없지
길섶에 피는 들꽃 한 송이라도 있으면 좋을 텐데 말이야

너는 또 나를 위해 선물을 준비하고 있구나
언젠가 갈 여행을 위해 적금을 붓고 용돈도 줄이면서
날 안타깝게 하는구나
여행을 위해 네가 고통받는 게 나라고 좋을까
난 지금 무엇보다 산책을 가고 싶어 먼 곳이 아니면 어때
가까운 공원을 깍지 끼고 걸을 수 있다면
내리는 햇살을 처음처럼 이마에 얹어 볼 수 있다면

너는 지붕이 아름다운 집을 장만하겠다고
오늘도 내 곁에 없지
나는 지금 작은 우산을 쓰고
어깨가 젖지 않게 기우뚱기우뚱

빗속을 걷고 싶은데, 알고 있니
이런 작은 지붕이라야
빗소리가 더 잘 들린다는 걸

어디에 있니 너는 지금, 지금의 꽃과 선물과 지붕을 다 내버려 두고

장래 소망

지금의 노래 2

나무는 뭔가가 되려고 하질 않아
아무렇게나 자라도 나무는 나무니까

새들도 장래 소망 같은 건 없어
알껍데기를 깨고 나왔을 때 이미 새는 새 자신이었거든

바람은 애써 불지 않아도 바람이야
잠에 빠져 쉬고 있을 때도 바람을 알아보고 흔들리는 잎사귀가 있으니까

강물에게 물어보렴 왜 흘러가느냐고, 어딜 향해 가느냐고
답 대신 강물은 여전히 흘러가고 있을걸
마치 그게 답이라는 듯이 말이야

넌 참 되고 싶은 것도 많지
가고 싶은 곳도 많지
만나고 싶은 사람도 많지

그래도 잊지 마렴 넌 그 무엇이 되지 않아도 좋아
그 무엇이 되지 않아서 슬퍼할 이유도 없어

나무처럼, 새처럼, 바람처럼, 또 흐르는 강물처럼
네가 너 자신일 수 있다면

봄은 자꾸 와도 새봄

지금의 노래 3

사랑은 지루하지 않죠
지루한 건 사랑이 아니에요
아무리 지루한 풍경이라도
사랑 속에 있을 땐
가슴이 두근거리거든요
사랑은 그러니까
습관이 되어도 좋아요
중독이 되어도 괜찮죠
파도는 지치지 않잖아요
봄은 자꾸 와도
자꾸 반복되어도
여전히 새봄이잖아요
꽃은 자꾸 펴도
자꾸 졌다 피길 버릇해도
물릴 일이 없잖아요
절망이 습관이면 곤란하죠
반성도 버릇이면 곤란하죠
사람이 절망과 반성의

기계가 된다면
그처럼 속상한 일이 어딨겠어요
사랑 속엔 결코 버릇이 될 수 없는
절망과 반성이 있거든요
그러니 사랑에만 중독이 되기로 해요 우리
자꾸 와도 새봄인 봄처럼
태어나고 다시 태어나기로 해요

기도만을 위한 기도

지금의 노래 4

제게 어둠을 주세요, 창문 너머 별들이 한 발짝 더
다가설 수 있도록

불을 끄면 철새들이 지붕 굴뚝 위에 앉아
쉬어 갈지도 몰라요

제게 침묵을 주세요, 창밖의 풀벌레 소리
제 귀에 둥지를 틀 수 있도록

입술을 다물면 지평선과 수평선을 넘어온 바람이
제 숨결이 되어 들고 나는 소리가 들릴지도 몰라요

제게 고독을 주세요, 너무 외로워서 가만히
나무를 안아 볼 수 있도록

혼자라면 저도 풍경이 될 수 있을 거예요
바다 한가운데 목이 긴 등대가 될 수 있을 거예요

제게 기도를 주세요, 너무 많은 빛과 말과 사랑에
눈이 멀지 않도록

분주한 두 손을 모으고 가슴을 들여다보는
오직 기도만을 위한 기도

수피아 여자중학교의 히말라야시다에게

모두가 졸업을 했는데 아직 교정을 지키고 있구나
졸업식 날 이후론 본 적이 없지
히말라야시다, 기억하니
채플 시간 네 그늘 아래를 지나가던 한 소녀를
『빨간 머리 앤』과 『작은 아씨들』의 '조'를 좋아하던
웃을 때면 왼쪽 어깨 쪽으로 살짝
고개를 틀며 웃는 버릇이 있던 소녀를
너는 지켜보았겠구나
교복 속에 숨은 두근거림과 책가방 속에 숨겨 둔 시집,
그때 다시는 오지 않을 것처럼 내리던 햇살과 바람은
네 그늘로 하여 더욱 눈부셨겠지
낡은 목조 건물 계단을 통통거리던 그 옛날은 가고
나는 어느새 흰머리가 생긴 소녀와 함께
너의 그늘 속에 있다
그때 소녀가 네 속에 파 넣은 이름이 비록 내가 아니었다 하더라도
히말라야시다, 듣고 싶구나 나는
의자를 들고 운동장을 가로질러 교회당으로 가던

채플 시간의 그 재잘거림을
로맨스 소설 속 입맞춤에도 죄를 지은 듯 쿵쾅거리던 숨소리를
사랑도 사랑 아닌 것도 아닌 미지근한 나날들 속에서
그 소녀를 생각하면 내 까까머리 소년도 함께 떠오른단다
공비들과 비밀 접선이라도 하듯 이불 속에 틀어박혀
라디오 신청곡을 기다리던 그 숱한 밤들
그때 내가 만나고 싶었던 사랑이 비록 그 소녀가 아니었다 하더라도
히말라야시다, 네 그늘을 흔들고 가는 바람 속에서
그 옛날 교회당 풍금 소리를 듣고 있구나
까맣게 잊어버린 소년과 소녀가 문득
네 푸른 그늘 곁에 서면 다시 살아날 것 같아서

흰둥이 생각

손을 내밀면 연하고 보드라운 혀로 손등이며 볼을 쓰윽, 쓱 핥아 주며 간지럼을 태우던 흰둥이. 보신탕감으로 내다 팔아야겠다고, 어머니가 앓아누우신 아버지의 약봉지를 세던 밤. 나는 아무도 몰래 대문을 열고 나가 흰둥이 목에 걸린 쇠줄을 풀어 주고 말았다. 어서 도망가라, 멀리멀리, 자꾸 뒤돌아보는 녀석을 향해 돌팔매질을 하며 아버지의 약값 때문에 밤새 가슴이 무거웠다. 다음 날 아침 멀리 달아났으리라 믿었던 흰둥이가 아무 일도 없었다는 듯이 돌아와서 그날따라 푸짐하게 나온 밥그릇을 바닥까지 다디달게 핥고 있는 걸 보았을 때, 어린 나는 그예 꾹 참고 있던 울음보를 터뜨리고 말았는데

흰둥이는 그런 나를 다만 젖은 눈빛으로 핥아 주는 것이었다. 개장수의 오토바이에 끌려가면서 쓰윽, 쓱 혀보다 더 축축이 젖은 눈빛으로 핥아 주고만 있는 것이었다.

내 시의 절반은 일렁이는 바다의 것

손택수, 박성우

박성우 간만이네요, 형.

손택수 응, 잘 지냈는가. 귀한 시간 빼 줘서 고맙네.

박성우 형이 서울 생활을 한 지 얼마나 되었지? 아마 꽤 되지요? 서울 생활 적응기 좀 들려줘요.

손택수 벌써 10년이 훌쩍 지났네. 삼십 대 중반에 결혼을 하면서 올라와 쉰을 눈앞에 두고 있으니. 30년 가까이 산 부산을 떠나는 게 쉽지는 않았어. 문학 때문에 서울 올라올 이유는 전혀 없었어. 문학이야말로 변방에 있을수록 더 잘되는 거니까 긴장만 놓치지 않으면 된다, 이런 촌놈 의식이 있었거든. 서울 올라온 건 순전히 먹고사는 문제 때문이었지. 처음엔 학원 강사도 하고 대학 '보따리 장수'(시간 강사)도 하고 그랬어.

박성우 매일같이 일찍 규칙적으로 출근하고 야근하고 출장 다니면서 대체 시는 언제 써요? 원래 시 쓰는 사람들이 얽매이고 그러는 거 오래 못 버티잖아요. 형은 정말 대단한 것 같아요.

손택수 시인은 자기만의 시간과 공간을 일상 속에 만들 줄 아는 특별하고 독한 재주를 가진 사람들이지. 고독하지 않곤 시에 닿을 수가 없거든. 우리의 일상은 고독을 방해하고, 고독해질 수 있는 시간과 공간을 좀처럼 허락하질 않지. 강태공이 찌를 응시하듯이, 찌를 통해 온 호수의 기운을 다 감지하듯이 잠자코 가만히 골똘히 뭔가를 뚫어져라 집중할 수 있는 시간과 공간을 찾는 것은 거의 전쟁과 같아. 약간 엄살이긴 하지만, 누군가 그러더군. 시인은 엄살을 대신 떨어 주는 사람이라고.(웃음)

박성우 첫 시집 『호랑이 발자국』(창비 2003)이 세상에 나오면서부터 형은 '민중 서사적 시인'이라는 찬사를 받았는데요. 저 역시 그 말에 동감하고요. 아마 독자들도 동감하지 않을까 싶어요. 첫 시집을 낼 때 많은 어려움이 있었다고 들었는데, 그때 기억을 좀 더듬어 주시죠.

손택수 이시영 시인께서 붙여 준 꼬리표야. '민중 서사적 시인'이라는 말 중에 서사는 소설을 썼던 경험하고 닿아 있는 거 같아. 어릴 적에 시는 좀 가벼워 보이더라고.(멋쩍게 웃음) 짧아서 누구나 쓸 수 있는 거 같았어. 아무 생각 없이 누구나 카메라 셔터를 누르듯이 말이야. 그때는 잉크 한 방울로 온 바다를 물들이겠다는 도저한 꿈을 이해하지 못했지. 거기에 비해 소설은 일단 길이부터가 기니까 아무나 달라붙지 않아서 좋더군. 그래서 고등학교 다닐 때는 혼자서 소설 습작을 꽤나 했지. 고3 땐가 전상국 선생께 처음 쓴 소설을 보여 줬더니, 단칼에 이건 소설이 아니야 그러시더군. 그때 나는 내가 천재인 줄 알았는데 말이야.(얼굴 표정 압권) 그러고 나서도 유재용 선생 같은 분의 강의를 들었어. 현대문학사가 서울 양재동에 있을 땐데 부산에서 거기까지 수업 빼먹고 들으러 가곤 했지. 아마 그런 소설 습작 경험이 시에 서사성을 심어 준 게 아닌가 싶어. 물론 그 서사성은 단순한 이야기 요소가 아니라 오랫동안 유전되어 온 공동체의 기억과 관련되지. 첫 시집 제목이 '호랑이 발자국'인 것도 잃어버린 농경문화적 공동체에 대한 기억 그리고 설화적 시간에 대한 회복 의지 같은 걸 배경에 깔고 있기 때문이지.

박성우 그래서 자연스럽게 '민중'이라는 꼬리표가 따라온 게 아닌가 싶군요. 여기에 1980년대 문학의 세례도 빼놓을 수 없겠죠?

손택수 80년대 리얼리즘 시의 주요한 미학 가운데 하나가 '이야기시론' 아닌가. 그런데 이런 미학이 90년대 접어들면서 낡은 것으로 낙인찍힌 감이 없지 않아. 시인들은 90년대 들어 거대 담론에서 벗어나 미학적 자율성과 개인의 가치를 중요시하는 쪽으로 급격히 이동하기 시작했지. 생태, 여성, 하위문화, 이런 타자들이 포스트모더니즘의 기치 아래 들끓고 있었지. 나는 변화된 문학 현장의 분위기 속에서 좀 더 낡은 방향을 선택했어. 우르르 몰려다니는 건 내 기질상 딱 질색이었거든. 좀 더 낡아서 아예 묵은 상태로 발효되어 버리자, 이런 고집을 부리다 보니 시 청탁을 받기도 어려웠고, 시집 낼 만한 곳을 찾기도 어려웠지. 첫 시집도 투고한 지 3년 만에 나왔어. 이렇게까지 해서 시집을 꼭 내야 하나, 이런 자괴감이 없지 않았지만 그 긴 고통의 시간들 속에서 오히려 숙성이 되었다는 느낌이야.

박성우 요새 시집을 내면 대부분 초판 1쇄가 다 팔리기도 힘든 게 사실이잖아요. 그런데 『호랑이 발자국』은 이미 10쇄를 넘겼고, 『목련 전차』(창비 2006)도 8쇄를 넘겼어요. 대중적인 시를 쓰는 것도 아닌데, 정말 대단한 것 같아요.

손택수 사람들이 불쌍하다고 도와줘서 그렇지. 여기저기서 사람들이 추천도 해 줘서 그 정도 된 거야. 특히 첫 시집은 이창동 감독이 장관으로 있을 때 문화관광부 직원들하고 노무현 대통령께 추천을 해서 화제가 되기도 했었지. 꿈인가 생시인가 싶더군.

박성우 형이 서사시를 쓰면 왠지 잘 쓸 것 같아. 최근에 낸 시집 읽어 보니까. 지난 시집에서 보여 줬던 시와는 좀 다른 도시적인 시편들이 많은 것 같은데, 역시 수도권 생활을 직접 체험해 보고 거기에 시적 상상력을 덧붙인 거겠죠?

손택수 『장자(莊子)』「천지 편」에 이런 얘기가 있어. 한 노인이 채소밭에 물을 주기 위해 물동이를 안고 웅덩이 안으로 들어가서 힘들게 물을 길어 올리고 있었거든. 지나가던 자공(공자의 제자)이 그걸 보고 있다가 딱하다는 생각이 들어 힘을 적게 들이고도 효과를 많이 볼 수 있는 용두레라는 기계가 있다는 걸 알려 주지. 용두레가 아마 양수기 비슷한 거였나 봐.

박성우 양수기랑 비슷한 건 아니고 그와 비슷한 기능을 하지. 김제 김유석 형이 농사짓는 데 가면 전시용이긴 하지만 지금도 볼 수 있고요.

손택수 그런데 자공의 이야기를 듣고 있던 노인이 이렇게 말하는 거야. "나도 알고 있소. 그러나 쉽고 효율적인 것만을 좇아가다 보면 마음이 어디까지 갈 수 있는지 알 수 없는 일이오. 기계를 쓰다 보면 반드시 기계에 사로잡히게 되고 기계에 사로잡히면 반드시 기교를 부리는 마음이 생기기 마련이오. 그러면 본래 그대로의 것이 사라져 도(道)를 지키기 어렵소. 내가 용두레를 모르는 것이 아니라 이런 이유로 마음이 부끄러워 쓸 수 없을 뿐이오." 우리 시대 문명을 진단할 때 내가 자주 써먹는 얘기지. 물을 길어 나르며 밭에서 자신을 기다리는 생명들을 생각하는 노인의 관점이 내게는 '오래된 미래' 같은 거야. 내가 내 자신이 되는 순간이란 그렇게 순결한 노동을 통해서 몸과 대지와 우주가 딱 하나가 되었을 때지. 근본적으로 나는 그 노인의 손자야. 그렇다고 해서 자공의 관점을 아주 내버릴 수는 없지. 자공의 말처럼 기계를 부리는 일을 떠나서는 하루도 살 수 없는 우리 아닌가. 그러니까 내 경우는 노인과 자공 사이에 기우뚱하게 걸쳐져 있다고 할 수 있겠네. 그건 심각한 모순이지. 나는 그 모순을 아름다운 모순으로 만들고 싶어. 그것이 모순이고 분열이라면 그 모순과 분열까지 다 끌어안으면서 살아

내고 싶어. 최근의 시집에 나타난 도시 공간은 그렇게 이해해 주면 고맙겠네. 나는 문명적 조건에 대한 긍정과 부정보다는, 그 간극을 인식하면서 기록한 「천지 편」의 제3의 눈에 더 가까운 거지. 그것이 내 시 속에서 알뜰히 육화되고 있는가에 대해선 자신이 없지만 말이야.

박성우 형의 시가 사랑받는 이유는 다른 취향의 시를 추구하는 사람들도 모두가 인정하는 '좋은 시'이기 때문인 것 같아요. 또한 어떤 진지함이나 진정성을 담고 있는 것 같아요.

손택수 '좋은 시'에 대한 기준이 너무 다양해서 뭐가 좋은 시인지 헷갈릴 때가 많지. "묵죽을 그리는 데는 법이 따로 있는 것도 아니고 법이 따로 없는 것도 아니다." 추사 김정희의 말을 보면 결국 좋은 묵죽은 자신만의 방식에서 나온다는 건데, 그 말은 곧 '자신의 호흡으로 자신의 삶을 노래하는' 데서 좋은 시가 나온다는 말로 이해할 수 있겠지. 언어가 자신의 몸과 시대를 관통해야 해. 언어에 숨결과 고유한 체취가 묻어나야 해. 그게 진정한 육화 아니겠어? 나는 그런 시와 사람들이 좋더라. 내가 그런 줄은 잘 모르겠고.

박성우 저는 솔직히 좀 촌스러운 듯한 시들이 좋은 것 같아요, 형. 너무 세련되면 좀 그래.

손택수 자신을 사랑하는 독자들을 배신하는 즐거움이 시인에겐 있지. 촌스러움은 내용이고, 세련됨은 형식일 텐데, 촌놈이 아무리 세련되어 봤자 그 속에 있는 근성을 감출 수는 없을 거야.

박성우 형의 시를 읽다 보면 눈앞에 보이는 것처럼 그림이 그려져요. 바로 구체성 때문이 아닐까 하는 생각이 드는데요. 알 듯 모를 듯한 그야말로 애매모호한 시를 읽다가 형의 시를 읽으면 생각지도 못했던 그림들이 참 선명하게 그려지곤 하는데요.

손택수 왜 애매성에 대한 유혹이 나라고 없겠어. 김수영식으로 말하자면, 온몸으로 온몸을 밀고 나아가는 게 시인이라고 할 때, 무의식과 우연성, 어떤 의미의 덧칠도 가하지 않은 무의미야말로 시의 곡창지대라고 할 수 있겠지. 문제는 그게 내 체질이 아니라는 거지. 나는 언어를 도구로 한 예술가이면서 그 언어를 가장 의심하는 존재거든. 프리즘의 현란한 굴절보단 햇빛을 모아서 한순간에 먹지를 뚫는 돋보기가 내 체질에 가까워. 시를 한 편 쓰면 제일 먼저 아내에게 보여 주고, 그다음엔 문학하고 아무 상관없는 사람들에게 보여 주는 버릇이 있네. 그들이 별로라고 하면 굉장히 상처를 받지. 내 시들 중에 평론가들이 좋아하는 시를 나는 별로 좋아하지 않는 편이야.

박성우 제가 서울에 왔을 때, 그러니까 제가 서울에 좀 눌러서 살아 보려 한다고 했을 때 저를 제일 처음 불러내서, 엄청 비싼 회도 사 주고 소주도 사 주고 했잖아요? 아마 그때 형의 밥벌이도 시원치 않았을 텐데?

손택수 예전에 김관식 시인은 시골서 올라온 신경림, 조태일

시인한테 자신의 방을 내줬다고 하더라. 월급날 되거나 원고료 타면 후배들하고 한잔씩 하고 그랬는데, 요즘은 그런 풍류도 드물게 되었어. 누가 들으면 내가 무슨 대단히 선량한 시인인 줄 알겠다.

박성우 그때 또 이런 얘기도 했어요. 저한테 벌써 서울 촌놈 같이 술 마신다고 뭐라고 했었죠? 저는 솔직히 지하철도 잘 못 타고 길 잃어버릴까 봐서 조심스러웠던 것뿐인데, 제가 그때 삐질까 하다가 형이니깐 안 삐졌다니까요.

손택수 그랬군. 하긴 처음에 나도 그랬는데.

박성우 그리고 형은, 같이 술 먹고 나면 술값이야 형이니까 낸다 치고, 나한테 꼭 택시 잡아 주고 택시비까지 쥐여 주는데……. 고맙긴 하지만 너무 촌티를 내는 거 아냐? 저야 솔직히 눈물겹고 감동적이지만. 그래서 형은 형인가 봐.

손택수 기억이 안 나. 다 내 마음 편하자고 하는 짓이니 편히 생각해.

박성우 참, 이런 대담하면 꼭 빠지지 않는 질문 있잖아요. 시를 쓰게 된 동기가 뭐죠? 이러니까 좀 대담을 하는 것 같네. 형, 그거 좀 얘기해 줘요.

손택수 참, 국어 선생님한테 첫사랑 얘기해 달라는 여고생 같네. 유년 시절에 고향을 잃었고, 한참 성장기엔 사랑에 실패하고, 이십 대는 실패의 연속이었지. 실향과 실연 그리고 실패, 이것들이 시를 쓰게 한 거야. 뭐라도 끄적거려야 견딜 수 있었던 시절이었거든. 자꾸 끄적거리다 보면 자신을 둘러싼 상황들이 좀 거리를 두고 차분하게 바라봐지잖아.

박성우 저는 형의 시를 무척 좋아하고 자랑질도 많이 하지만, 형이 2006년에 낸 『바다를 품은 책 자산어보』(아이세움) 이 책을 너무 좋아해요. 이 책에 관한 얘기 좀 해 줘요. 이 책의 일부가 교과서에 실린 걸로 알고 있는데.

손택수 '말미잘은 말 똥구멍'이란 꼭지가 모 출판사에서 낸 국어 교과서에 실려 있다고 그러데. 원래부터 청소년용으로 기획한 원고라 그럴 거야. 출판 기획일 하던 장철문 시인(순천대 문예창작과 교수)이 내가 한참 빈둥거리고 있을 때 정약용의 『목민심서』를 리라이팅해 보라고 그러더군. 놀고 있는 주제에 가릴 형편은 아니었지만 『목민심서』가 괜히 딱딱한 인상을 주더군. 읽어 보지도 않았으면서 말이야. 그래서 얘기했지. 이왕이면 정약용의 형 정약전이 쓴 『자산어보』가 어떻겠느냐고? 남들이 안 한 걸 하고 싶다고. 그러니까 장 시인이 대뜸 너 알아서 해 봐라, 그러더라고. 속으로 식은땀을 흘렸지. 맡기는 맡았는데 실은 그때까지 나도 이름만 들어 봤지 『자산어보』 구경도 못 해 봤거든.

박성우 글 구성이 좀 특이하던데요. 『자산어보』를 시적 상상력으로 풀어 간다는 느낌을 받았고 또한 그러한 형의 시선에 놀라지 않을 수 없었어요. 어떻게 『자산어보』를 시로 풀어낼 생각을 하셨는지?

손택수 내가 시를 써서라기보다는 『자산어보』 자체가 시적이라고 할 수 있겠네.

박성우 형, 참 『난 빨강』(창비 2010) 어떻게 봤어? 내가 보내드린 것 같긴 한데. 청소년시집이라는 얘기가 좀 어색하긴 하지?

손택수 시집 받고 충격이 컸지. 내가 먼저 하고 싶었던 작업이었거든. 실제로 『청소년문학』이라는 잡지 편집위원을 맡으면서 성장시 특집을 몇 차례 기획했었거든. 청소년문학의 장르 불균형이 지나치다는 얘기가 한참 나올 때였으니까. 그래서 이 특집들을 공부 삼아 내가 먼저 성장시들을 써 봐야겠다, 야심이 이만저만이 아니었는데, 성우가 먼저 일을 저지르고 말았더군. 여간 원통한 게 아니었어.

박성우 청소년들 있잖아. 그때나 지금이나 별반 달라진 게 없는 것 같아요. 요샌 오히려 배회하고 방황할 시간도 부족한 것 같고요. 그야말로 악몽이랄까? 형의 청소년 시절 좀 얘기해 줘요. 도서관, 학교, 집, 이런 거밖에 몰랐다 이런 얘기 빼고요.

손택수 콤플렉스 덩어리였지. 공부를 잘하나, 운동을 잘하나, 그렇다고 무슨 예능 기질이라도 있나. 내가 할 줄 아는 건 그냥 혼자 있는 거였어. 초등학교 때부터 고등학교 졸업할 때까지. 요즘 말로는 '왕따'나 다름없었지, 물론 나는 '자발적 왕따'라고 우기지만 말이야. 그런데 혼자 지내다 보니까 혼자 노는 방법을 터득하게 되데. 그게 그냥 여기저기 어슬렁거리는 거였고, 혼자서 뭘 들여다보는 거였지. 그게 여행이 되고 독서가 됐어. 여행이나 독서나 결국 같은 거잖아. 그러다 보니까 제도 교육 속에서 받을 수 없는 경험들을 하게 된 거 같아. 요즘 학생들은 여행할 시간이 어딨고, 독서할 시간이 어딨냐고 할지 모르겠지만, 여행하고 독서가 별 거 아니에요. 나무를 여행하고 하늘을 읽고 이러는 거지. 그럼 가장 먼 여행지와 가장 재미난 책이 자신이라는 걸 알게 돼.

박성우 며칠 전에 청소년들을 만날 기회가 있어서 서울 모 여고의 도서실에 가 봤는데, 깜짝 놀랐어요. 전혀 딱딱하지 않고 발랄하고 자유로운 가운데 정말이지 책을 읽을 수 있는 분위기랄까, 정말 부럽더라고요. 그런 사서 선생님을 만난 아이들은 참 행복할 거란 생각도 들었어요. 형도 청소년 관련 잡지 편집위원을 하고 있잖아요. 요즘 청소년들이 어떤 독서를 하면 좋을까요?

손택수 우리나라에 수많은 추천 도서들이 있잖아. 이거 어른들의 시선으로 고른 게 대부분이지. 물론 어른들의 시선이 다 잘못되었다고는 할 수 없어. 그 어른 안에도 잃어버린 아이가 있을 테니까. 하지만 청소년기에는 모험이 필요하다고 생각해. 알려 준 길, 잘 닦인 길로만 가지 않고 꺼칠꺼칠한 비포장도로나 풀숲에 묻혀 버린 길, 남들이 잘 가지 않는 길, 빙 둘러 가야 하는 길, 이런 길들을 다녀 볼 필요가 있어. 수많은 관광지들이 있지만 나는 스스로 발견한 풍경이 최고의 명소라고 생각하거든. 나는 해 질 녘에 아주 보잘것없는 나무 하나만 우두커니 서 있던 도시의 어느 골목을 내가 발견한 진경산수라고 생각해. 책도 마찬가지지. 여기서 기준 역할을 하는 게 흔히 말하는 고전들이야. 고전을 읽다 보면 시공을 뛰어넘는 감식안 같은 게 생겨. 자기 식으로 책을 읽게 되는 거지. 체 게바라는 게릴라전을 펴는 전투 현장 한가운데에서도 괴테 전집을 읽고 네루다의 시집을 읽었지.

박성우 형도 청소년 관련 책들을 직접 만들고 기획도 하고 그러는데, 청소년들에게 각별한 애정이 있을 것 같아요. 청소년들에게 해 주고 싶은 얘기 같은 거 없나?

손택수 으음, 사랑하자고. 고통이 오면 고통도 사랑하고, 절망이 오면 절망도 사랑하고. 그런 것들이 다 부처고 스승이거든. 그때 자신의 고통과 절망을 잘 들여다볼 수 있는 거울이 하나쯤 있으면 좋겠지. 나는 최고의 거울이 책이라고 생각해.

박성우 형, 예전에는 청소년 시절에 시집 한 권씩 들고 다니지 않았나? 저는 누나가 셋이나 있어서 그런지, 누나들이 꼭 그런 시집을 들고 다녔던 것 같아. 시집 책갈피에 네 잎 클로버랑 노란 은행잎이랑 뭐 꽃잎 같은 것도 끼워 놓고 하면서 말이야. 형이 청소년기에 만났던 시집이나 시인 얘기 좀 해 줘요.

손택수 내가 만난 첫 시집은 중학교 1학년 때 고물상 폐지 더미 속에 버려져 있던 누군가의 필사본 시집이었어. 볼펜으로 또박또박 눌러 써서 복사를 한 거였지. 그 무명 시인의 시가 내

출발점이야.

박성우 시인을 꿈꾸게 된 특별한 계기 같은 게 있었나요?

손택수 생물학자가 되고 싶었는데 내가 이과 체질이 아니잖아. 인문 쪽에서 자연이나 생물하고 가장 가까운 게 문학이었어. 실은 내가 할 수 있는 게 그거밖에 없었고. 음, 기억나는 계기가 한 가지 있긴 해. 맹인들에게 책 읽어 주는 남자로 지낸 적이 있지. 그때 맹인학교 갓 졸업하고 안마 시술소에 실습을 나온 영미라는 여자애가 있었는데 걔가 틈만 나면 책을 읽어 달라고 했어. 내가 걔의 인조 눈도 씻어 주고 끼워 주고 그랬거든. 그만큼 각별했지. 영미가 어느 날 그러더라고. 오빠는 자기에게만 책 읽어 주는 남자 하지 말고 많은 사람들에게 책 읽어 주는 남자가 되라고. 그래서 뒤늦게 스물다섯 나이에 대학에 가고 어쩌다가 시를 쓰게 된 거지. 그때 그런 생각을 했어. 영미가 만지는 점자 같은 간절한 말들을 사람들에게 들려주고 싶다고 말이야.

박성우 형, 요새 청소년들이 제일 경멸하고 싫어하는 것 중에 하나가 시잖아. 잘 알지? 다른 건 달달 외우거나 이해하려 들면 쉽게 되는데, 시는 그게 좀 힘든 것 같아.

손택수 시처럼 논리적인 게 없어. 논리를 바탕으로 삼아 논리를 초월하는 게 시니까 논술 잘하려면 시를 봐야 해. 재밌는 시도 얼마나 많은데. 학생들이 좋아할 만한 시들이 많다는 얘기지. 접근할 수 있도록 통로를 더 열어 놓았으면 해. 시 교육에도 문제가 있어. 어떤 백일장 심사를 해 보니까 한 학생은 자신이 쓴 시에 주제와 상징까지 적어 놓았더군. 한국 시 교육이 지나치게 의미 중심적이야. 주제가 뭐냐? 의미가 뭐냐? 이런 이성 중심주의로 어떻게 몸과 우주와 사랑을 이해할 수 있겠어. 학교에 가서 물어보면 학생들은 이상(李箱)을 좋아한다고 하거든. 그런데 선생님들은 난감해해. 이상의 시들은 의미 중심주의로 풀고 들어갈수록 이상해지지. 아이들이 그 많은 의미들을 다 이해하겠느냐고. 몸으로 아는 거지. 그런 감수성을 길러줘야 하는데 자꾸 이성의 관점에서만 따지고 든단 말이야. 웃기는 시, 의미는 모르겠지만 분위기가 있는 시, 그림이 그려지는 시, 머리보다 가슴이 먼저 반응하는 시…… 으음, 상상력을 자극할 수 있는 그런 시들을 접하다 보면 학생들도 변하지 않을까.

박성우 그리고 청소년시와 이번에 내는 청소년시집에 대해서도 한 말씀 해 주세요.

손택수 어려운 질문이네…… 뭐랄까, 나는 내 의식이란 것이 늘 미완이나 미성숙의 상태에 있기를 원하거든. 완성되면 어떤 설렘과 기대, 미답의 영토들에 대한 꿈을 잃어버릴까 봐 두렵기도 하지. 사실 시라는 장르 자체의 속성이 그렇지 않은가 싶기도 해. 시는 개념으로 굳어지길 망설이는 측면이 강하잖아. 의미나 개념, 추상화에 의지하면서도 그에 대한 거부가 있지. 소리나 리듬, 분위기, 고유한 어조나 이미지 같은 것이 시를 늘 어떤 흔들림과 떨림 속에 있게 하는 게 아닐까. 그렇다면 시는 아이와 어른들 사이에 놓인 청소년기와 매우 유사한 측면이 있지. 시는 또 근본적으로 성장시의 성격을 지니고 있잖아? 시가 근본적으로 생태적인 것처럼. 시인들은 그래서 누구나 성장이든 반(反)성장이든 성장통에 관한 시를 써. 성장소설처럼 비평용어로 조명되지 않았을 뿐이지. 최남선의 「해에게서 소년에게」로부터 윤동주의 「소년」을 거쳐 유하의 「세운상가 키드의 사랑」과 김근, 안현미, 김민정, 임솔아 같은 2000년대 이후의 시인들에 이르기까지 소년 소녀들의 시사(詩史)가 가능할 법도 하지. 청소년시라는 장르가 가능한 것은 이렇게 시와 청소년시가 성장통을 공유하고 있기 때문이기도 할 거야. 마치 동시와 시가 우리 문명이 점점 잃어 가고 있는 '소박하고 가난한 마음'을 공유한 것처럼. 그 말단에 언감생심 졸작들을 얹어 볼 생각을 한 것은, 직접적으론 세월호 참극을 겪으면서 학생들 앞에 서기가 너무 부끄러웠기 때문이었어. 학교에 특강을 가면 학생들 눈을 보기가 힘들었어. 학생들이 다 세월호 학생들로 보였던 거야. 이번 시집의 「소년 2」이나 '지금의 노래'란 부제를 단 연작들이 그 영향에서 나온 작품들이라고 하겠네. 말하자면, 그런 경험 속에서 내가 그동안 잊고 지낸 내 안의 소년을 불러 본 거야. 「수피아 여자중학교의 히말라야시다에게」란 작품은 아내의 모교에 함께 갔을 때의 경험인데 아내의 소녀 시절을 상상하다 보니까 나의 소년 시절도 자연스럽게 떠오르더군. 그 소년이 불러 준 노래를 받아쓴 셈이지. 내 안의 소년을 잃어버리면서 내가 얼마나 망가졌는지, 괴물이 되어 가고 있는지를 알겠더군. 개인적으론 나를 치유하는 글쓰기이기도 했어. 아름다운 사람들은 왠지 자기 안의 소년을 잃지 않고 살아갈 것 같아. 우리의 '오래된 미래', 소년은 그러니까 적어도 내겐 간단없이 화두로 삼고 지향해야 할 어떤 가치 같은 것이지. 이것이 청소년시, 아니 시의 미래이기도 하다는 생각을 했어.

박성우 네, 정말 우리 어른들이 반성해야 될 대목이 많은 것 같아요. 그럼, 앞으로 어떤 시를 쓰려는지 계획 같은 걸 좀 듣고 싶은데요.

손택수 어떻게 시를 설계할 수 있겠어. 그냥 쓰는 거지 뭐. 안으로 좀 더 깊어지고 넓어지다 보면 저절로 변화의 징후들이 포착되겠지. 의식적으로 계획을 짜고 싶지는 않아. 그러다가 실패한 시인들을 수없이 봐 왔으니까. 좀 더 읽고 배우고 그럴 셈이네. 막연한 미래가 우리에겐 힘이야. 시는 어쩌면 우연성과 무의식의 바다 위에 말안장처럼 뗏목을 하나 띄워 놓고 있는지도 몰라. 뗏목을 젓는 건 내 노이지만, 젓는 노에 저항과 순응을 거듭하며 일렁이는 건 바다지. 바다의 일렁임이 근육 신경을 따라와서 몸을 흔들고, 몸은 그 흔들림 위에서 노를 저어. 그러니 그 위에서 쓰는 시는 절반은 바다의 것이지. 어린 날 내 조막만 한 손을 쥐고 모국어의 자음과 모음을 가르쳐 주던 아버지처럼 누군가 백지의 망망대해 위에 뜬 내 손을 쥐고 있다는 믿음은 있어.

박성우 독자들께 한 말씀 해 주시죠?

손택수 세계 일주 여행을 떠난 장 콕토가 현해탄의 선상 갑판에서 찰리 채플린을 만난 일이 있는 모양이야. 서로를 잘 이해하고 있었지만 두 예술가는 한마디 말도 나눌 수가 없었지. 말이 서로 통하지 않았거든. 보다 못한 채플린의 부인이 통역을 자청하고 나섰지. 그런데 채플린이 조용히 부인을 가로막았어. 통역이 되지 않는 상황, 한마디 말도 주고받을 수 없는 그런 상황이 그들을 더 간절하게 한다고. 그 간절함이야말로 오갈 수 없는 서로의 내면을 오가게 하는 힘이 된다고. 채플린이 참 대단하지? 사람과 사람 사이, 내 안의 숱한 나 사이, 세상과 나 사이, 그리고 지금 이 대담을 읽는 독자와 나 사이에도 통역이 안 되는 벽이 있을 수 있겠지. 하지만 벽 때문에 좌절하거나 실망할 필요는 없어. 벽이 있기 때문에 벽 너머와 벽을 둘러싼 세상을 더 실감 나게 느낄 수 있으니까.

박성우 와, 너무 근사한 말인걸. 긴 시간 내줘서 고마워요, 형.

손택수 아형도 애썼네.

* 이 대담은 『학교도서관저널』 2010년 10월호에 실린 것을 2017년 4월에 두 시인이 다시 만나 대폭 다듬고 보완한 것이다.

시인의 말

내 안의 소년을 찾아서

소년 시절 온통 나를 지배하고 있던 건 쓸모없는 질문들이었다. 구름은 저 큰 덩치로 어떻게 하늘에 떠 있을 수 있는지, 강물은 왜 가만히 있지를 못하고 어딘가로 자꾸 흘러가는지, 뻐꾸기는 왜 바보처럼 맨날 똑같은 소리로 뻐꾹뻐꾹 하고만 우는 것인지, 바람은 왜 바람이고 나는 나이며 나무는 나무인 것인지……. 도무지 아무짝에도 쓸모없는 질문이 머릿속에서 샘물처럼 콸콸거리고 있었다.

그런 생각을 할 시간이 있으면 어른들 일이라도 좀 거들어라, 도대체 뭐가 되려고 이러니! 쓸모없는 질문만 하면 쓸모없는 사람이 돼. 어른들의 세계가 이런 질문을 좀처럼 허용하지 않는다는 걸 알게 되면서 나는 점점 말수가 줄고 혼자 멍청하니 앉아 시간을 보내는 아이로 바뀌기 시작했다. 개중에 그래도 친절한 대답이 전혀 없었던 것만은 아니었다. 좀 더 사려 깊은 어른들은 뭔가 중요한 비밀을 알려 주듯이, 조금은 착잡한 표정으로, 그건 어른이 되면 알게 돼, 하고 얼버무리곤 하였다.

나는 설날 떡국이라도 한 그릇씩은 더 욕심을 내서 얼른 어른이 되고 싶었다. 하지만 어른에 가까워져 갈수록 답 대신 내 질문이 점점 더 희미해져 가는 것 같았다. 어른이 되면 알게 된다는 말은 결국 어른이 되면 그런 질문을 하지 않게 된다는 뜻이었다. 그 수많은 질문들은 특히 학교 같은 제도들을 만나면서 더 깊은 침묵 속으로 가라앉았다. '더 높게, 더 빠르게, 더 멀리!' 나는 왜 외워야 하는지도 모르고 올림픽 표어를 외우며 누군가보다 더 높거나 빠르거나 먼 목표를 향해 자신을 채찍질하는 아이로 바뀌어 있었다. 누군가를 낙오병이나 패배자로 만들면서 경쟁을 부추기는 '더! 더! 더!'의 세계 속에서 열등감에 사로잡히거나 언제 패자가 될지 모른다는 불안감에 시달리는 소년에게 인생은 참으로 우울한 것이었다.

그러고 보니 나는 잘할 줄 아는 게 아무것도 없는 한심한 소년이었다. 공부를 못하면 예능 기질이라도 있어야 할 텐데 노래도 그림도 도무지 젬병이었고, 국력에 전혀 도움이 되질 않는 체력의 소유자로서 100미터 달리기를 해도 빨리달리기가 아니라 오래달리기 선수에 더 가까웠다. 유년 시절 어른들의 예언이 저주가 되어 정말 쓸모없는 녀석이 되어 버린 것이었다.

그때 운명처럼 만난 소설이 제롬 데이비드 샐린저의 『호밀밭의 파수꾼』이다. 어떤 책은 인생을 송두리째 뒤흔드는 기적을 제공한다. 특히 청소년기에 읽은 결정적인 한 권은 성인이 되어서 읽는 다섯 수레의 책과 맞먹는 파문으로 전생을 온통 휘황한 광휘로 휩싸고 돈다. 아마도 이런 경우는 대개 그 운명의 책 속에 자신을 비추는 거울과 동시에 막막한 지평을 향해 갇힌 시선을 자유롭게 방목할 수 있는 창이 마련되어 있을 가능성이 높다. 그리고 무엇보다 양방향을 향한 성찰을 가능케 하는 문제적 인물이 매혹적인 캐릭터로 등장할 경우가 많다.

만약에 누군가가 20세기 성장소설에서 가장 매혹적인 캐릭터를 꼽으라면 나는 망설임 없이 이 소설의 주인공인 홀든 콜필드를 들겠다. 홀든은 남부러울 것 없는 중산층 부모와 작가인 형, 그리고 뛰어난 재능을 지닌 동생 가운데 스스로를 '진짜 나만 바보다.'라고 자학하는 위인이다. 나는 홀든에게 강한 우정을 느꼈다. 특히 그가 센트럴파크의 연못에 사는 오리들은 겨울이 와서 연못이 얼어붙으면 어디로 가는지와 같은 무용한 질문 속에 빠져 있는 장면에서는 거의 혈연적인 유대감을 느꼈다고 하는 게 좀 더 정확한 표현일 것이다. 문제적 인간은 모범생들이 하지 않아도 되는 고민을 자처함으로써 세계를 온몸으로 감당한다.

나는 위선으로 가득 찬 세계에 대해 신랄한 냉소를 퍼붓는 홀든의 눈으로 세상을 바라보는 유희에 탐닉했다. 작심하고 삐뚤어진 눈에 비친 세상은 홀든의 말대로 온통 사기꾼들 천지였다. 마치 홀든과 우정 결사를 맺은 자의 특권처럼 나는 한껏 위악적인 제스처로 질풍노도의 시기를 관통했다. 그러나 잊지 않았다. 홀든의 냉소는 따듯한 비관주의에 그 뿌리를 두고 있음을. 그것은 인간의 순수성을 지키고 싶은 열망이었고, 그 열망이 왜곡된 현실 속에서도 저버릴 수 없는 인간에 대한 뜨거운 믿음이었다.

모든 것을 싫어하는 것처럼 보이는 홀든에게 던지는 여동생 피비의 질문을 잊을 수 없다. 무얼 좋아하는지 한 가지만 말해 보라는 여동생의 질문에 홀든은 비로소 자신이 하고 싶은 일이 무엇인지 깨닫게 된다. 홀든의 꿈은 호밀밭에서 자유롭게 뛰어노는 아이들이 절벽으로 떨어지지 않도록 지켜 주는 파수꾼이 되는 것이었다. 지금까지 누구도 그에게 무얼 잘할 수 있는지만 물었지 무얼 좋아하는지를 묻지 않았다. 홀든은 비로소 파수꾼의 꿈을 갖게 된다. 이 장면에서 나 또한 운명의 전환을 예감하였다면 어떨까. 나를 늘 주눅 들게 하던 '뭘 잘하지?'로부터 나를 항상 살아 있게 하는 '뭘 좋아하지?'로! 나는 홀든에게 자신의 청소년기를 투영한 샐린저 같은 작가가 되고 싶었다. 작가가 된다면 쓸모없는 것들로 낙인찍힌 세상의 많은 이야기들을 따듯하게 품어 줄 수 있을 것 같았다.

사람들은 청소년기를 통과해야 할 어떤 과도기나 결별해야 할 미성년의 시기로 생각하는 경향이 있다. 그러나 청소년기야말로 인생에서 평생 풀어 가야 할 가장 중요한 질문을 던지는 시기가 아닌가 한다.(제발 이때부터 벌써 돈벌이나 성공에 관한 질문에만 빠져 있지 않기를! 전혀 상품 가치가 없더라도 인간이 왜 인간인지와 같은 근원적인 질문을 던질 수 있기를! 강물과 모래와 바람을 돈 대신 아름다움으로 느낄 수 있기를!) 청소년기는 그래서 통과해야 할 시기이면서 동시에 지향해야 할 푸름으로 가득 찬 시기이기도 하다. 나는 홀든을 생각하며 내 안의 소년을 잊지 않으려고 한다. 아니, 내 안의 소년에게로 끝없이 귀환함으로써 푸른 호밀밭에 부는 바람이라도 되고 싶다. 홀든, 한때 우리는 그런 소년들이었다.

2017년 5월

손택수

창비청소년시선 10

나의 첫 소년

초판 1쇄 발행 • 2017년 6월 15일
초판 9쇄 발행 • 2024년 5월 16일

지은이 • 손택수
펴낸이 • 김종곤
책임편집 • 서영희·정편집실
펴낸곳 • (주)창비교육
등록 • 2014년 6월 20일 제2014-000183호
주소 • 04004 서울특별시 마포구 월드컵로12길 7
전화 • 1833-7247
팩스 • 영업 070-4838-4938 / 편집 02-6949-0953
홈페이지 • www.changbiedu.com
전자우편 • contents@changbi.com

ISBN 979-11-86367-59-9 44810

* 책값은 뒤표지에 표시되어 있습니다.